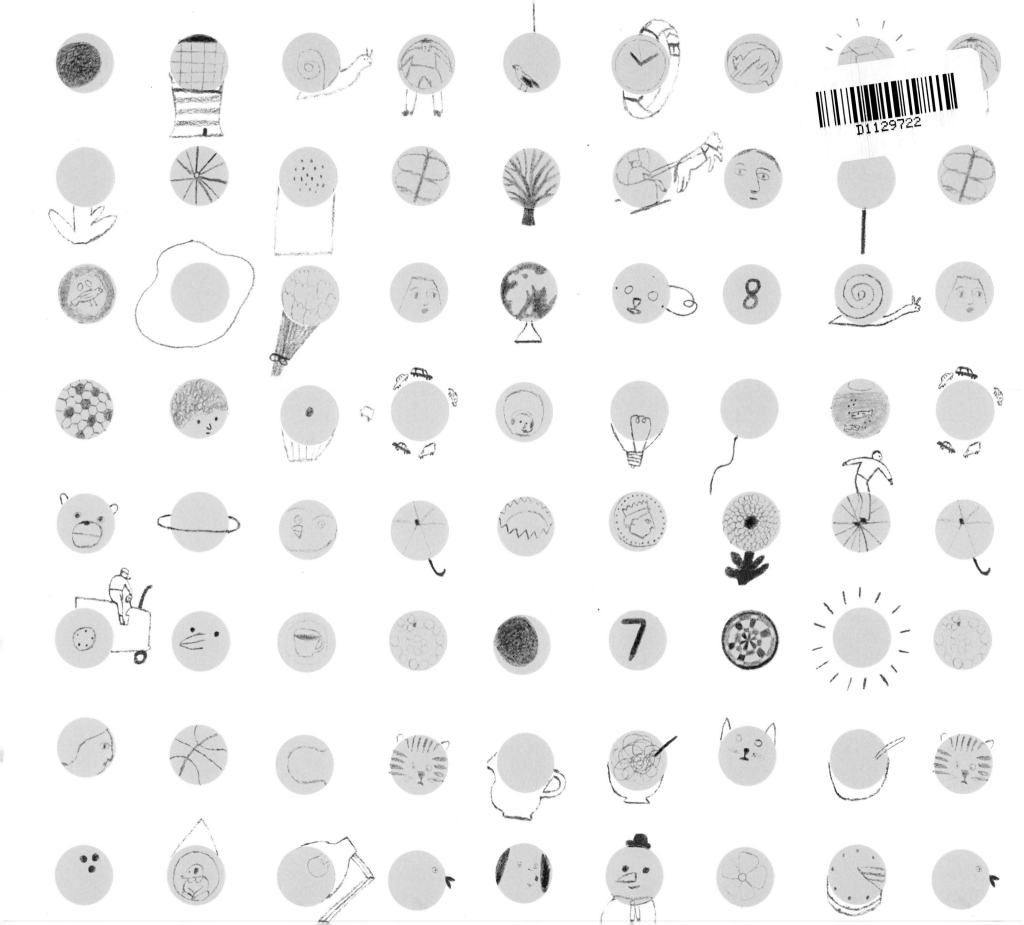

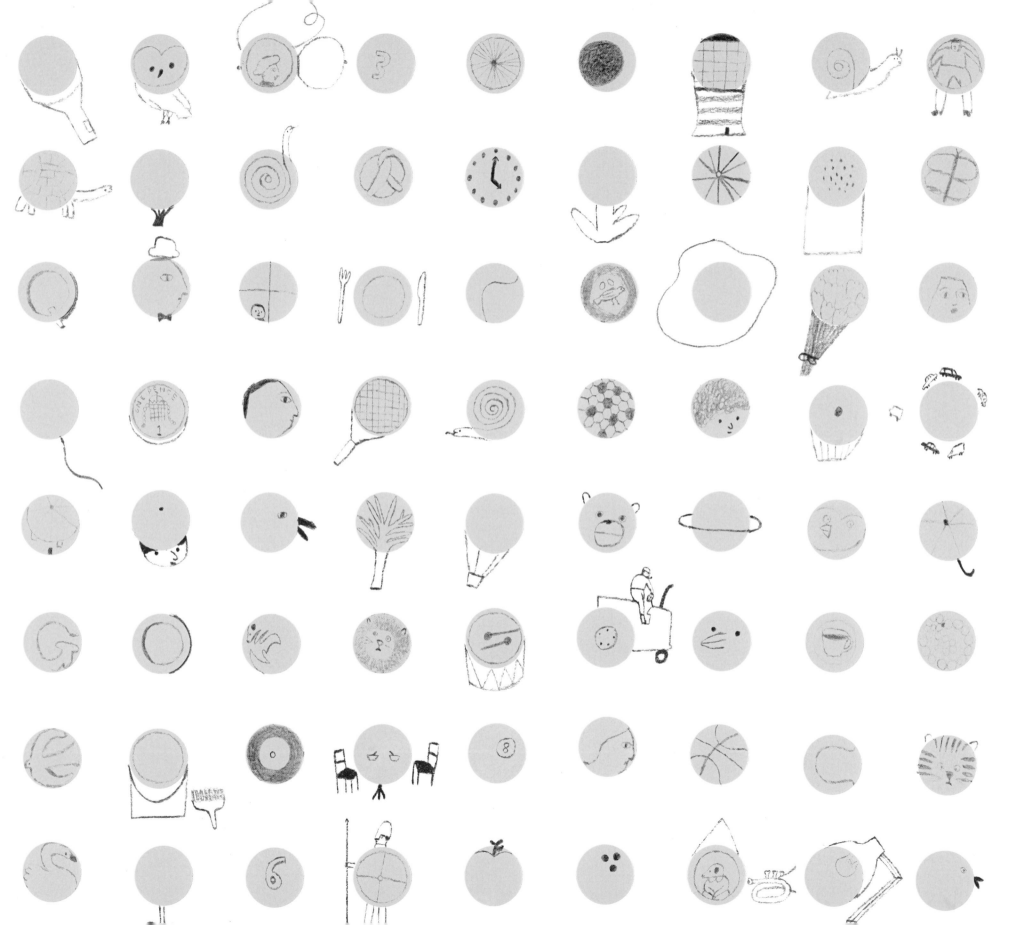

UN MUNDO PROPIO

LAURA CARLIN

LIBROS DEL ZORRO ROJO

DEDICADO A L.J.B

Hola, esta soy yo, Laura...

...de pie y en fila.
No me gusta nada estar alineada.

Cuando algo no me gusta, imagino cómo sería un mundo hecho a mi manera:
Un Mundo Propio. En Mi Mundo también hay líneas, pero se parecen más a esta,

o a esta,

o a esta otra.

Te voy a enseñar cómo construyo Mi Mundo a partir de las cosas que ya existen.

Incluso en Mi Mundo, me tengo que levantar de la cama
bien temprano. Pero no tengo un despertador; al menos,
no un despertador corriente. Yo misma me invento
la mejor manera de levantarme cada día.

¿Cómo haces tú para despertarte
temprano cada mañana?

Piensa cómo   sería el mejor despertador del mundo. ¿Sonaría como un aullido en la selva?

Para crear Mi Mundo, lo primero
que hago es mirar a mi alrededor.

Esta es mi casa en la vida real.

Primero, copio
su silueta.

Luego, imagino cómo
podría hacerla más divertida.
Le añado, por ejemplo,
un bloque nuevo.

Así, si vienen mis amigos,
tendrán una planta entera
para ellos.

Y como las escaleras me resultan
muy aburridas, le pongo
toboganes...

También agrando las ventanas,
para no perderme nada
de lo que pasa fuera.

Y por supuesto, tiene piscina.
La pondré en el tejado.

Es importante que la casa esté
en alto: ¡Se vería el horizonte!
Así que la instalo en la copa de
un gran árbol, con una escalera
de cuerda para subir y bajar.

Ya está. Bienvenidos a mi
nueva casa, en Mi Mundo Propio.

Dibuja tu propia casa.

¿Dónde te gustaría vivir?
¿De qué está hecha?
¿Cómo son las paredes
y las ventanas?
¿Por dónde se entra y se sale?

También me entretengo imaginando mi barrio, a mis vecinos.

Como en el mundo real, en Mi Mundo también
hay edificios de aspecto triste y ruinoso.

Pero las cosas no siempre son lo que parecen.
Yo lo transformo poco a poco.

Por ejemplo, fíjate en la papelería de mi barrio. Pues, en verdad vende...

...¡zapatos para superhéroes!

Otro ejemplo es...

... esta casa de mi calle. ¿Una casa fantasma?

Pero yo me la imagino habitada
por una colonia
de gatitos.

(Cuéntalos.
Son 131.)

¿Y qué me dices de este edificio? ¿Aburrido?

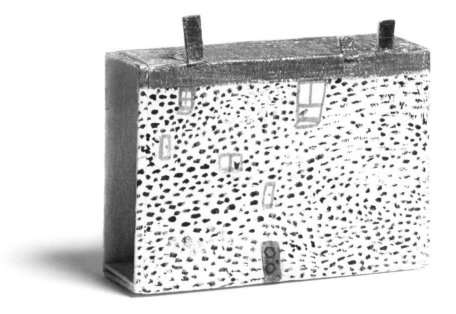

Acabo de convertirlo en un hotel donde se alojarán todas las personas y animales que quiera tener cerca de mí.

He dibujado habitaciones de diferentes formas y con muebles que se adaptan a las necesidades de cada inquilino. A los pájaros les gustará tener un árbol en el que posarse; la jirafa necesita un techo alto. Y a mi hermano... ¿Cómo no? ¡Una televisión!

Si tú también quieres un hotel para tus amigos, busca una hoja de papel y comienza a dibujarlo.

Luego, piensa quién ocupará cada una de las habitaciones. ¿Será un animal o una persona? ¿Necesitan ventanas tus invitados? ¿Plantas, toboganes o una enorme bañera?

Ni qué decir que en Mi Mundo hay otros edificios
que no son para vivir. Por ejemplo, fábricas
donde se fabrican cosas. Me he inventado
una ley que dice que las fábricas deben tener
la forma de aquello que fabrican.

En esta se fabrican lápices.

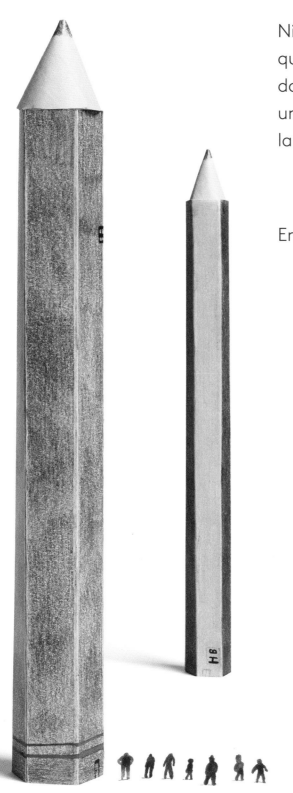

Y, en esta otra,
habas grandes como
sandías.

Y aquí tienes
una fábrica de espaguetis,
obviamente.

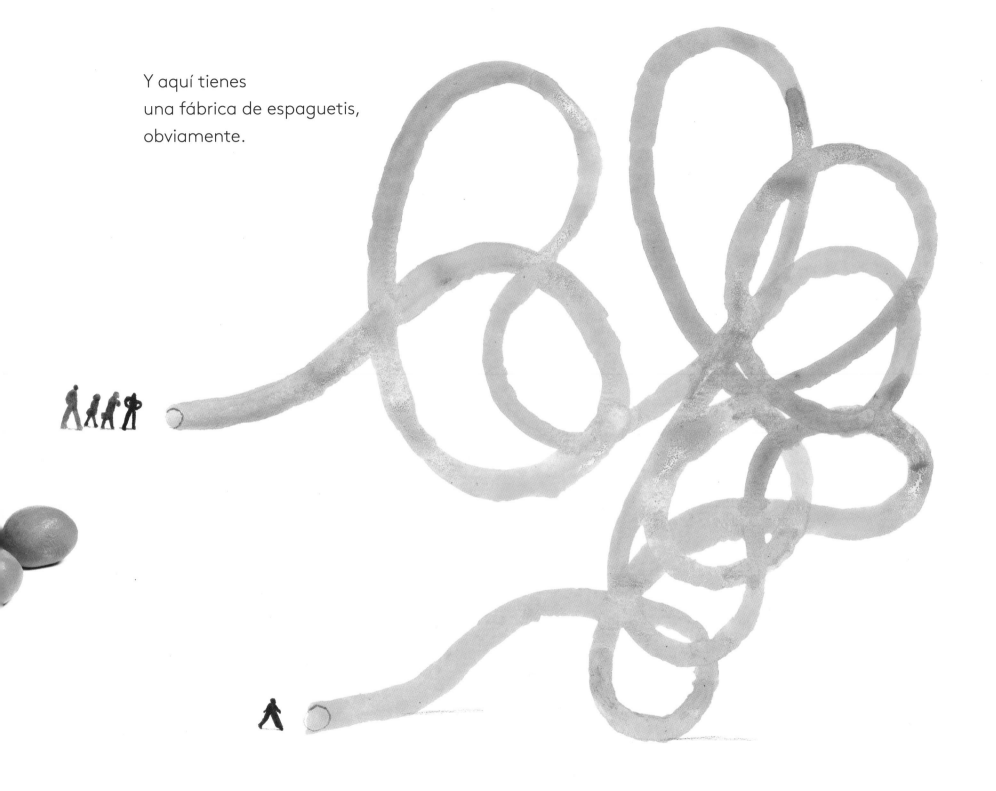

Elige tres cosas sin las cuales no podrías vivir y ahora imagínate cómo sería
la fábrica que las fabrica. ¿Qué forma tendría?

Reconozco que incluso en Mi Mundo, a veces, me aburro.
Por eso es importante que haya lugares donde se hagan cosas interesantes.
Se les llama «edificios públicos» porque cualquiera puede entrar.

Habrá una biblioteca en la que se prestarán libros, pero también juguetes,
pelucas, ¡y hasta voces! Voces agudas y graves, de soprano o de tenor.

¡ESTE ES EL REPTIL MÁS ESCURRIDIZO del... MUNDO!

Y un zoo donde los animales puedan salir a dar una vuelta.

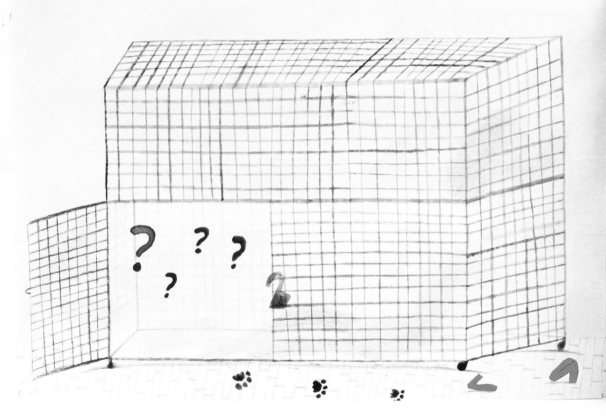

En tu Mundo Propio, ¿qué te gustaría hacer en tu tiempo libre?
¿Qué lugares te gustaría visitar?
¿Qué te parece una exposición de narices o un museo de casas sobre los árboles?

Aunque te cueste creerlo, en Mi Mundo también hay una escuela.

Las clases son el primer martes de cada mes, ¡qué emoción!
Y es que aprendo habilidades que me serán muy útiles en la vida:
pintarme la cara de gato o meterme más de una galleta
en la boca sin ahogarme en el intento.

Aquí he dibujado otras cosas que me enseñan en mi escuela.

¿Qué cosas importantes se aprenderían en tu escuela?

¿Te has dado cuenta de que Mi Mundo está lleno de animales?

No hay nadie que no tenga un perro. Incluso los perros tienen perros.

Nunca se me ocurriría dibujar dos perros iguales. Y tiene sentido,
porque, al igual que las personas, cada perro es diferente.

Dicen que los dinosaurios se extinguieron hace millones de años, pero yo he decidido recuperarlos para Mi Mundo.

Mucha gente piensa que mis cocodrilos parecen serpientes
y que mis perros se asemejan a caballos.

En realidad, yo me veo a mí misma como una inventora
de animales.

Tú también puedes inventar animales.
Haz dibujos o busca fotografías
de tus animales preferidos.

Luego, recórtalas y combina cabezas,
patas y cuerpos para crear criaturas
fantásticas.

En el mundo real cada persona tiene un aspecto propio y diferente.
Y en Mi Mundo ocurre lo mismo.

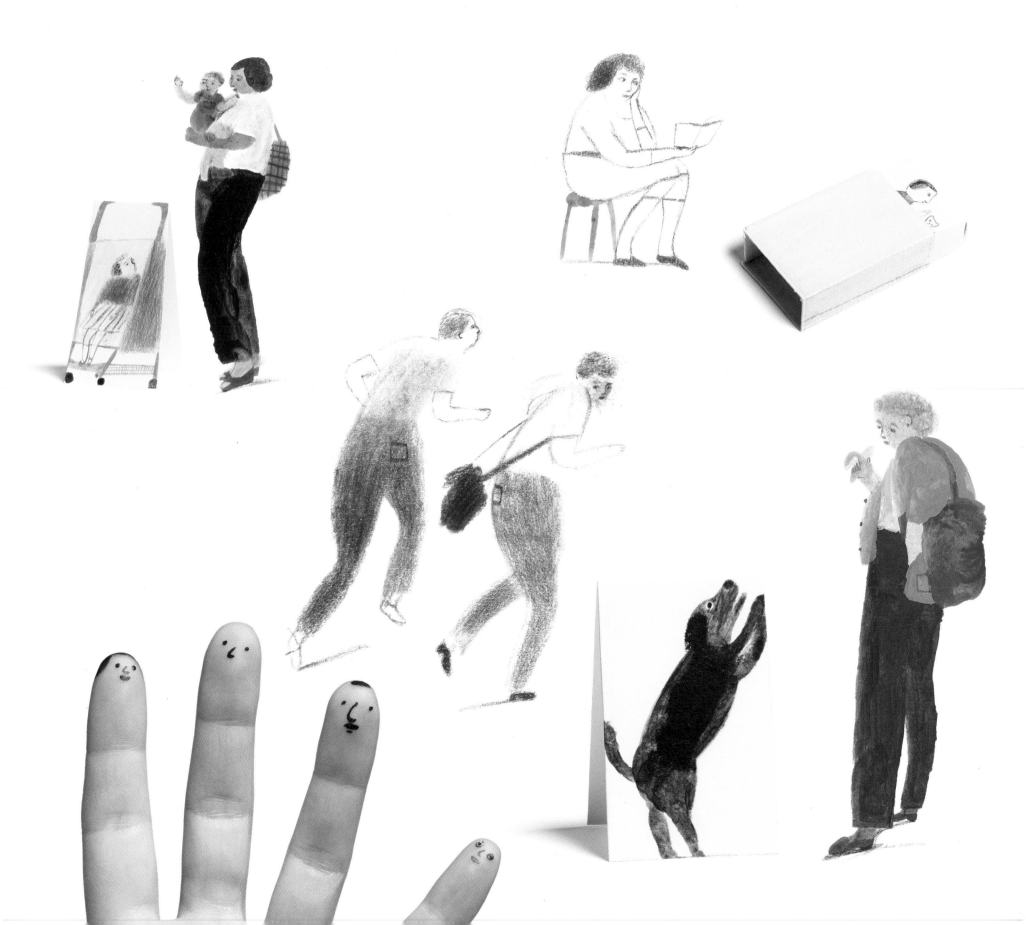

Cuando dibujo personas,
procuro que cada una sea distinta.

Sombras de lápiz para la mujer
tímida, que a veces se esconde
entre las sombras.

Para expresar la confianza en sí mismo
que tiene un fortachón, lo dibujo con
trazo grueso y bien definido.

Y colores brillantes
para la joven
nadadora.

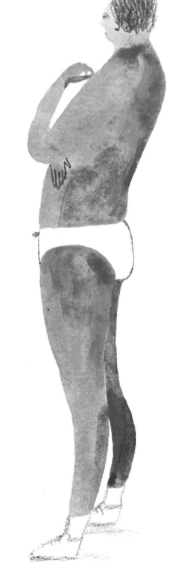

Este hombre, que se ha
tostado al sol, un pelín rojizo.

Para que se note que este chico está triste
o preocupado, le dibujo los hombros caídos.

Pero no te preocupes, este otro chico
está corriendo para hacerle compañía.
Y, para que dé la impresión de que corre,
lo he dibujado con trazo rápido y líneas dinámicas.

Puedes explicar muchas cosas
de una persona con una pizca
de ingenio.

Este es mi padre: él es alto
y delgado.

Y aquí tienes
a mi madre,
que es bajita
y le rebosan
las ideas.

Mi abuela es vieja y frágil,
y a veces se cae.

Y mi hermano
pequeño,
cuando era
muy pequeño.

Ahora piensa en tres personas que conozcas.
¿Cómo las dibujarías? ¿A qué se parecen?
¿Por qué?

No voy a permitir que en Mi Mundo haya atascos de tráfico.
(La gente se pone de mal humor en los atascos.)

En el mundo real el tren es uno de mis transportes preferidos.
Así que también habrá trenes en Mi Mundo Propio, pero los pasajeros
podrán viajar en el techo para disfrutar de las mejores vistas.

Y los vagones tendrán formas divertidas, por ejemplo...

...las de mis animales preferidos.

Y a ti, ¿cómo te gusta viajar?

Seguro que se te ocurre alguna forma para hacerlo más emocionante.

Antes de irme a la cama, miro de nuevo el mundo
que he creado. Y, mientras más lo miro, más segura estoy
de que mis amigos querrán visitarlo. Voy a crear una bandera
para que Mi Mundo pueda ser visto desde lejos.

Mi bandera tiene que representar muy bien Mi Mundo Propio,
por eso aparecen las cinco cosas que más me entusiasman.

Y solo voy a usar tres colores
(pero eso es una cuestión de gustos).

Mañana volveré a crear Mi Mundo Propio desde el comienzo.
Tú también puedes hacerlo, tantas veces como quieras,
pero no te olvides de abrir bien los ojos a tu alrededor
en busca de inspiración.

¿Lo que ves desde tu ventana es una farola?

¿Podría ser una torre?

¿O más bien una serpiente que se abalanza sobre ti?

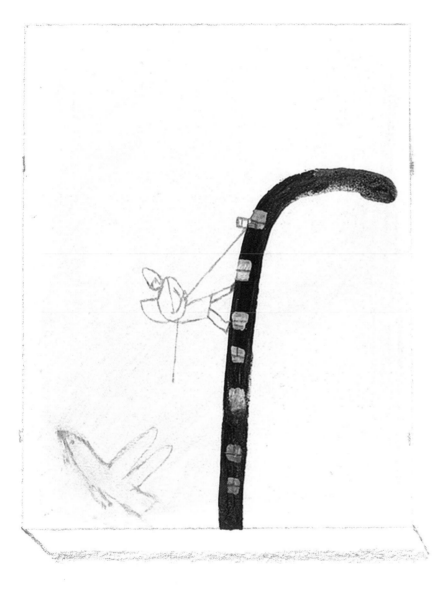

Mi agradecimiento a:

Luke Best, Jane, Tom y Edward Carlin,
Lucy Macintyre, Lisa Carlin, Andy Smith,
Jan y Dave Hawkins, Tom y Martha Hammick,
Claudia Zeff, Jo Cartwright, Nina Chakrabarti,
Ben Branagan, Sari Easton, Chie Miyazaki,
Alexis Burgess, Mike Dempsey y Liz Wood.

Amanda Renshaw, Rachel Williams,
Hélène Gallois Montbrun, Rebecca Price,
Sarah Boris, Dom Lee, Chiara Meattelli,
Darrel Rees, Amanda Mason, Chloe Flynn,
Jenny Bull y Helen Osborne.

Título original: *A World of Your Own*

© 2014, Phaidon Press Limited
Esta edición se ha publicado por acuerdo
con Phaidon Press Limited, Regent's Wharf,
All Saints Street, London, N1 9PA, UK.

© 2017, de esta edición: Libros del Zorro Rojo
Barcelona – Buenos Aires – Ciudad de México
www.librosdelzorrorojo.com

Dirección editorial: Fernando Diego García
Dirección de arte: Sebastián García Schnetzer
Traducción y edición: Estrella B. Del Castillo
Corrección: Sara Díez Santidrián

Primera edición: marzo de 2017

ISBN: 978-84-946506-3-5
Depósito legal: B-26959-2016

Impreso en Letonia por Livonia Print S. I. A.